城市中的森林

陳吉斯 / 圖

曾貴麟 / 詩

淡江大學出版中心

校長序：值得帶走的心靈饗宴

淡江大學以「承先啟後、塑造社會新文化、培育具心靈卓越的人才」為使命，於 91 學年度設立出版專責單位，希望善盡傳遞學術知識、製作優質出版品的責任，以達到心靈改革的目的。

近年來，本校出版品也朝向師生創作，開展跨領域合作方向努力。本書三年前由出版中心邱炯友前主任起草，將建築系黃瑞茂主任的構想，以英文系陳吉斯老師的繪圖為基調，透過中文系曾貴麟同學的筆觸，順著中文系黃文倩老師編輯脈絡，採用圖文詩集的方式，運用師生不同年齡層的角度，紀錄一河二山的淡水今昔史跡，刻劃淡江文化特色。

全書以地理空間貫穿，將場景透過分鏡呈現，無論是站在七星山遙望，或從洲仔島眺看，或由占山連峰俯瞰，由遠而近，依循圖景印象與詩文意象的引導，訴說淡水的人文故事，歷史文物；細數淡江校園的精神象徵，代表性建築。讓讀者寫意漫遊在淡水一角或淡江一方，看見淡水永續的生命力。因淡江大學得天獨厚位居昔日淡水八景之一「黌岡遠眺」的山崗要衝，座落位置彷彿城市中的森林，故是書以此命名。

在季節交錯的時序中，隨著《城市中的森林》全紀錄，閱讀者與淡江人、大自然、群樹、松鼠、三月的杜鵑花，甚至是冬季裡的一場冷雨共處。海明威曾說：「如果你有幸在年輕時住過巴黎，它會一生跟著你，有如一場可以帶得走的饗宴。」相信只要待過淡水，這段流金歲月必定也是值得帶走的心靈饗宴，特為之序。

張家宜

淡江大學校長

謹識於 2016 年 4 月

主編序：綿延

　　淡水是台灣八景之一，在歷史上，也曾經是台灣第一大港，是西方文明與現代性在北台灣發展的重要起點。百年來，它歷經西班牙、荷蘭、中國大陸及日本文化的滲透與洗禮。在一步步現代化的進程中，在淡水居民及淡江子弟的耕耘與守護下，掙扎地保留與開發了一些歷史文化與人文景觀。從紅毛城到重建街、從小白宮到漁人碼頭，五虎崗下坡坎交疊著巷弄，淡水河畔紅樹林與魚鳥蟹共生，這裡是云云眾生、諸靈交會處，至今仍不願棄守共生理想。

　　對老淡江人來說，你一定也記得五虎崗、克難坡、宮燈教室、蛋捲廣場。你還記得夏日裡的海報街的青春社團、嬉鬧動感。那年高溫，快融化地豈只是那片水泥地。你或許也還記得，她拖著圓臉或尖下巴，坐在籃球場或消失的溜冰場的一角，羞澀地仰慕你運動的身影；儘管你後來明白，那時愛上的與其說是那個她，不如說是自己心目中的一種想像與理想。你在深夜的淡水河邊與同學們促膝清談，無止盡地爭辯著存在與虛無、傳統與新變，爭取著靠近真理與正義，但又那麼容易覺得受挫與隔膜。你在有星星的深夜裡，無比純淨地陪著她散步嗎？戰戰兢兢、一心護花還是無法獲得她的心？你曾醉倒哭泣，至今仍記得那時靠過的一張椅子嗎？那時默默聆聽你的苦衷與靈魂的朋友，仍活在天涯的一角，你們在 FB 上悄悄再度相遇吧，你們互加朋友但卻很少再說話，守候如煙的記憶，你們也來到了相忘的階段。

　　如果，在春天重返淡江，盛開的杜鵑將迎接你，佐以空氣中新鮮的花草樹木香；如果，在夏日的清晨走回淡江，你穿越文館側門，抬頭間或許仍會看見沐浴在初陽下的松鼠，你因為牠奔跑而覺得自己仍然活著；如果在秋天，你忘不了那年的生日，你被同學們鬧著丟向「福園」的水池，你全身濕透，她那時仍在，你後來才懂得那年為何一點都不冷；如果，在冬天你還在淡江，你

理直氣壯地缺席早八的課，或者，精神抖擻地參加學運與社運，在不曾間斷的冷雨裡抗爭，長大以後，你真切地被凍傷、不再被包容，方才想起那些年也曾錯過了一些好老師與好講堂⋯⋯。

　　那些年我也在淡江—我在 2005 年至 2010 年間在淡江讀完文學博士學位，2014 年秋天回來正式任教。後知後覺的我，還是在畢業後，為了學油畫外出寫生，才一步一腳印地，真正走過許多淡水與淡江的土地與小徑，那些或熱鬧、或清淨的街巷、縫隙與彎道，那些斜坡、舊瓦與不斷變化色澤的河流與光影，那些歷史上前人的足跡與曾經累積的風格與厚度，甚至附近淡水中學的音樂禮堂裡更青春的孩子，禮堂裡洋溢與並存著音樂與教官的訓話聲，都令我覺得仿佛走入再啟蒙的時光隧道，重新汲取了部分細膩、自由與純真的靈性—偶爾，就像進入童話裡的縮小門，每往前一步、身體每縮小一點，都再度溫習了那既崇高又仍有教條／信念的時代⋯⋯。

　　你也在《城市中的森林》重新發現你／妳的秘密淨土吧，這本圖文誌是屬於你／妳的、我們的。它因為你而存在，也期待你的參與和綿延。

　　　　　　　　　　　　　　　　　　　淡江大學中文系助理教授
　　　　　　　　　　　　　　　　　　　2016 年 4 月

來到森林邊的城鎮

從等待的時間中醒來
紅樹林沿河蔓延
關渡大橋豎立在河上
美好的陽光遍灑河面
觀音山與臨岸八里
風景不斷綿延，即將抵達
位於火山腳下的城市

地理風貌

從七星山眺望觀音山

地理風貌

從洲仔尾（二重疏洪道生態公園）眺望觀音山、關渡大橋、關渡宮、淡水河和基隆河

地理風貌

從占山（尖山，又名淡水富士山）俯瞰大屯山脈、關渡平原、淡水河和基隆河

地理風貌

　　淡江，這片森林以動靜皆宜的美，照看著山崗上歲月的流動，
生命力旺盛不足以形容它的美麗，漢人、西班牙、日本人……錯
落進出這片森林，也留下了文化記憶的容顏。俯瞰山與谷的交錯，
淡水漢人最早發展的地區以福佑宮沿河地區為主，整個淡水發展
史以福佑宮為中心，東為重建街、清水街、紅樓、白樓、龍山寺、
鄞山寺等為漢人生活居住地，後來洋人到淡水就以福佑宮以西發

展馬偕醫館、禮拜堂、淡江中學、牛津學堂、馬偕故居、領事館等。
明治 32 年滬尾水道（淡水街、油車口、沙崙子、水碓子、竿蓁林
等庄）為起始，台灣現代化自來水系統正式掀起序章。

　　故事至此，尚未結束，精彩正要開始………

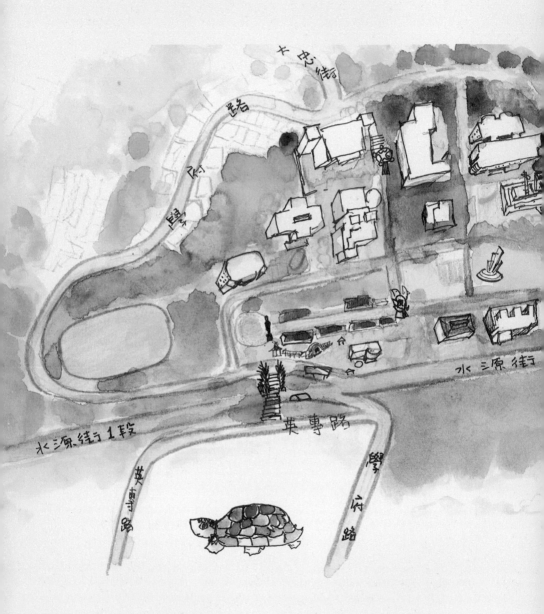

校園印象

往水源地

校園印象

鳥瞰淡江
彷若巨龜
從綠色森林滑向藍色大海
驚聲廣場引領的
三座里程碑
是先人立基定位的密碼
從發想到立業的足跡
綠蔭間聳起的白色建築
生生不息的
收編整理無窮無盡的訊息
歸向無邊無際的雲端

淡江大學位於淡水五虎崗上，於1950年由居正（字覺生）與張鳴（字驚聲）創辦淡江英語專科學校，為台灣第一所私立高等學府；1980年張建邦校長任內升格為淡江大學。其校園共享於民眾和大自然，校風開放，隨處花園與草地點綴校地，每日沐浴於優美淡水夕陽。

淡江大學

克難坡

智慧的身影
引領我們登上
克難坡的石階
一階一階踏查
大學的種種想像

樸實剛毅轉換成足跡
並肩齊步走進淡江
聆聽樹間的濤聲

建於1953年間，是通往淡水校園132階的陡坡，也是淡江初
創時進入校園的必經要道，它象徵篳路藍縷，以啟山林的
創校精神，也是考驗同學克服困難，樸實剛毅，勇往向上
必須強健的體魄。
每年新生入學時，校長張家宜博士會引領著新生，一步一
步從坡上走入校園，每塊階梯與步伐，都使學子們記得校
園開創的艱辛，重視求學的可貴。

校園印象

淡江英專基地

1953年在英專時期，此地面對觀音山，下臨淡水河，背倚大屯山，視野廣闊，適合建校理想，因此立下本校在淡水設立永久校址的第一塊基石，由建校贊助委員會主任委員杜家齊和前校長張居瀛玖女士舉行基地贈授與校舍奠基典禮，並種植數千棵的樹苗，現今已成為一座城市中的森林。

淡江英專基地

驚聲廣場是觀賞日落餘暉的觀景區，也是年年金韶獎的盛會場地。

驚聲銅像

爬完克難坡，登上頂端廣場
驚聲先生佇立於此
一磚一瓦逐漸砌成
各路的話語回音繚繞
當你與銅像一同望向淡海
大學生活如海洋展開

位於克難坡的頂端廣場的驚聲銅像是張創辦人的先父。本
校創辦之始，驚聲先生牽著張創辦人的手，指著這片土地
說：「這裡就是我們的校園！」。驚聲先生於1951年1月29
日逝世，張創辦人為感念父親而特立銅像紀念，並由先總
統嚴家淦先生，在其基座上題撰「功在作人」四字，以表
揚驚聲先生在教育上的犧牲奉獻。

海豚吉祥物里程碑

午後的森林像海
微風中的海豚
與我們一同浮游漫步
資訊的潮汐

座落於宮燈道頂端的圓環，為名雕塑家王秀杞先生的作品。海豚是經由全校同學票選出來的吉祥物，牠是海洋生物中最活潑聰明的哺乳類，天生遨遊四海的能力更是驚人。其基座上鑴刻本校張創辦人建邦博士勉勵淡江人的四句話：「立足淡江，放眼世界，掌握資訊，開創未來」。

海豚吉祥物里程碑

五虎碑雕塑

太平洋與淡水河交流
衝擊出大屯山脈的脈動
分成五嶺
淡江人的山水傳承
五育之薰陶
虎嘯風生

「五虎崗」係本校淡水的永久校址所在。大屯山脈，蜿蜒而下，至「虎頭山」分為五條尾稜，本校適居第四。特塑五虎環抱，中空造型之銅質雕塑，為名雕塑家王秀杞先生的作品。象徵淡江人「虎虎生風」，強壯勇猛的體魄與精神，其基座上刻有本校張創辦人建邦博士撰寫之「五虎崗傳奇」。

五虎碑雕塑

書卷廣場

巨大的簡冊
訴說悠久的校史
歷經四個波段的發展
奠基時期的校譽建立
定位時期的穩健茁壯
提升時期的國際視野
轉變時期的多元邁進

草坪上坐看
遼闊的淡江領空
各樣活動的歷史印記
傳承校訓精神
轉軸持續輪動
靈秀的境地

位於驚聲大樓及覺生紀念圖書館前的書卷廣場，由四片繞
圈之「竹卷」，象徵古代的簡冊，於1986年竣工，由建築
師林貴榮校友設計，從上俯視，它又像馬達中的轉軸，生
生不息，四片竹卷也代表本校校訓「樸實剛毅」的精神。
因其外型像極可口的蛋捲而被學生稱為「蛋捲廣場」。

書卷廣場

校園印象

宮燈教室

座落於五虎崗上，依斜坡地形興建，碧瓦紅牆，古典宮燈建築。由建築系創系主任馬惕乾建築師所設計，興建於1954年間。漫步在古色古香的宮燈大道，如同置身潑墨山水畫中。

覺軒之晨

並肩齊步走過的初秋
討論過的心事
過於年輕的戀愛與傳說
經過身旁的走獸風鳴
在這仿古的庭園中醒來
記得造景
美好時光被傳統的墨韻渲染
記憶再一次抒情
宛若有歌

覺軒花園

此座庭園設計，是由建築系講師徐維志設計，
仿造上海著名的「豫園」為藍本，裡頭有迴
廊、假山、涼亭、美人靠、水池和瀑布等傳統
建築，古樸中兼具現代感。再由台灣傳統匠師
陳朝洋以中國傳統的工法，全部以榫接技術銜
接，故其外觀上不見任何釘子，以維持建築的
美感。最後由張創辦人題上「覺軒」二字。現
已成為學生與校友造訪之地標。

覺軒花園

陽光草坪

老樹下
吹來一片綠意
散步的貓
解讀花語
心事攀爬紫藤架
日子斜躺在長椅上

校園印象

牧羊草坪

「牧羊草坪」因書法家于右任
自傳「牧羊兒的自述」一文而
得名。「牧羊橋」下，原本有
一潭清澈的池水，名為「牧羊
池」，而今跨越的水池為「鳳
凰噴水池」與景觀小島。越過
石板小徑後，則是一片翠綠的
草坪稱為「牧羊草坪」，成為
淡江校園中浪漫地景之一。

校園印象

李雙澤紀念碑

濕潤土地上
海風輕快吟起
歲月的水紋
分流至記憶裡的原鄉
來自各方風中的民謠
就在淡江高唱

李雙澤

1976年12月3日，在校內舉辦「西洋民謠演
唱會」，當時淡江數學系學生李雙澤在這場
西洋歌曲演唱會中，改唱中文歌曲「補破
網」與「國父紀念歌」，引起迴響與論辯，
是為台灣「唱自己的歌」的濫觴。2007年，
李雙澤逝世三十週年，舉辦「唱自己的歌演
唱會30年後再見李雙澤」並在當時演場會現
場的牧羊草坪立碑紀念。

校園印象

海事博物館

船艦停泊
翠綠樹海
如潮霧的吹息
羅盤掌握海流軌跡
偶然步入船中
博覽船的歷史
參訪知識彙編的過客

1977年3月30日由當時交通部長林金生破土，張榮發先生奠基，於隔年4月竣工落成。為新北市博物館家族之一，其前身為「商船學館」，專門培育航海、輪機工程科技人才的搖籃，由長榮集團張榮發先生捐資興建。其結構設計完全按照商船船樓及機艙形狀，目的是要使學生猶如置身船上，以期在校求學之際，即培養其堅忍不拔之志節，乘長風破萬里浪之氣度。1990年蛻變成國內首創「海事博物館」，並開放免費參觀。

消失的溜冰場

黃昏裡仍有身影
滑行於平坦軌道
在空曠的弧形裡繞境
像在記憶地景中
反覆畫圓

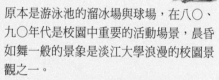

原本是游泳池的溜冰場與球場，在八〇、
九〇年代是校園中重要的活動場景，晨昏
如舞一般的景象是淡江大學浪漫的校園景
觀之一。

目前這塊地正在興建「國際會議中心」，
將標註淡江大學在國際化與學術深化交流
的成就。配備完善的「國際會議中心」會
成為新一代校園建築的新形態，挑高的接
地層做為學生舉辦活動的新場地；各層的
平台將以觀音山為背景，融入環境的建築
設計將以「綠建築」理念啟動生態校園的
經營成為特色。

飲水思源

飲水思源

　　來到淡江的學子，不管住在哪裡，遲早會被山之音吸引，沿著水源街往樹蔭深處的「後山」散步去。每天望向後山山頂像盾牌的大屯山，不一定察覺水源街就在五虎崗第四崗的稜線上；喜歡林蔭清涼、喝過淡江農場附近水道的甜美泉水，知道「水源街」的由來是因後山有個淡水水源，不一定知道這個水源地是台灣第一座自來水系統—滬尾水道的源頭。

　　若問淡江人水從哪裡來？流到哪裡去？沿著水源街，溯滬尾水源、踏查排氣閥室、畜魂碑、水源街一段配水槽舊址、走訪金福宮、重建街水管頭舊址，飲水思源的旅程是個與淡江山水一起流動、與淡水風土人文互動的難忘經驗。

雙峻頭水源地—滬尾水道

位在淡水水源街庄子內段的山麓，完工於1899年的滬尾水道是台灣現代化自來水的開端。水道源頭是一處低海拔的天然地下水源，其水取自大屯山麓的雙峻頭庄之第三、四號湧泉（因此稱為「雙峻頭水源地」），此處泉水均出自火山岩深隙處，循環湧出，若非嚴重地殼變動，湧水量不會減少。

水道是輸送自來水的管道，因此日文以「水道水」稱呼乾淨的衛生用水、自來水，演變至今台語仍稱「自來水」為「水道水」，稱「水龍頭」為「水道頭」。

滬尾水道於2004年9月16日公告為縣定系統性古蹟，包括取水口、事務所、庭院、入口大門、警衛室，以及在克難坡中段路徑上的水閘室，還有後來被移至小白宮的三民街郵筒型立式消火栓（上圖）。

淡水畜魂碑

靜默在水源街淡水農會超市前空地一角的「淡水畜魂碑」，建於
1943年（昭和18年）5月。日治時期關注於市街地的衛生管理，設置
了家畜處理場（屠宰場），舊稱「豬灶」。此一屠宰場設施一直到
1990年廢止。僅留下這塊當時淡水郡警察署所立的碑（安山岩），
以安撫眾多為了人類而犧牲的六畜魂魄。

飲水思源

水閥室（克難坡中段路徑上）

飲水思源

從雙峻頭水源地回顧水源街

飲水思源

配水槽舊址

飲水思源

原本設置在金福宮香爐前方的水管頭，目前放在小白宮展示

滬尾砲臺　紅毛城　清水祖師廟　淡江大學　聖...

參道院

淡水進行式

　　200萬年前，地氣甦醒，緩緩熔岩沿著大屯山脈蜿蜒而下，凝結成丘陵的風貌樣態，悠悠歲月的積累，滄海仍在，山已分五重，**五條崙、五爪脈**是它的名。人們較為熟悉的是**五虎崗**，第一崗：曾為台灣軍防要地的**烏啾埔**滬尾砲台。第二崗：**砲台埔**，此以山頭洋樓（紅毛城）、學校（理學堂大書院）聞名。第三崗：昔稱**崎仔頂**，這裡臨水靠山，三百年前漢人來到這裡並建立了生活與習俗，形成現在的老街與寺廟。第四崗：**大田寮**為淡江大學所在，昔日的淡水八景「**鸞岡遠眺**」就是由此崗瞭望觀音山與淡水河。第五崗：**鼻仔頭**，即今日聖本篤修道院、第一公墓、鼻頭街、嘉士洋行倉庫和水上機場之所在。

淡水捷運站

列車慢行　緩緩靠站　溫柔抵達終點車站
走出車廂　熱鬧的老街　與自然共處的車站
也會與我們同行　在遼闊的天空下

1988年7月15日晚間23:20，最後一班往淡水的火車自台北車站第六月台發車，穿越短暫的山洞，看見淡水河，抵達淡水站後，台灣第一條鐵路支線正式結束了。

轉型發展成現今的淡水捷運站，仿淡水古蹟是淡水捷運站的設計源頭，在現代化的建設下，淡水增添了嶄新的色澤。

蜑_{ㄉㄢˋ}家棚

河畔一角
水鳥攜帶季風過境
擦拭蜑家棚上的露水
蜑家棚已朽
漁船仍不斷穿越
兩岸
安靜對望

捷運站後庄子內溪出口一側沙洲上的「蜑家棚」是淡水河岸經典的景觀，晨昏之中表現出不同的風貌。當地人成為「水上人家」。根據訪查蜑家棚是由一群歷經二戰從大陸輾轉來台的老兵，依據其在廣東一帶的水上杆欄式建築型態「蜑家棚」意象所興建而成。

嘉士洋行倉庫

石板路仍有油漬
打烊洋行
舊鐵路與紅磚瓦長久
演義新的故事

英商嘉士洋行倉庫（淡水文化園區）

興建於1897年的嘉士洋行倉庫位在淡水鼻子頭沙洲上。一度由英商殼牌公司經營，地方俗稱殼牌倉庫。2000年由英商殼牌公司將基地上的建築物所有權捐贈地方。現為淡水文化基金會負責經營，稱為淡水文化園區，除了室內、外展演與咖啡館之外，部分空間作為淡水社區大學教室使用，成為淡水人的後花園。

淡水進行式

從淡水文化園區圍牆看捷運站公園

觀潮灣看潮

欄杆圍出天然畫布
河流是時間的贈禮
用凝望的眼神
漁人般守候波瀾
捕捉風景

金色水岸—觀潮灣

新北市政府在淡水老街後方1.5
公里的河岸完成景觀工程規劃，
展現河岸空間的整體意象並定名
「金色水岸」。在老街旁從和衷
宮至小漁港間長1.5公里的淡水河
沿岸，沿途有林蔭步道、親水河
岸、水上舞台、咖啡座椅區、觀
潮灣等設施。

淡水進行式

河畔秘徑

秘徑通往咖啡廳
書籍與貓咪盤據
詩人煮了一壺咖啡
放輕聲響
心事全晾在陽台
給予你一整個
河流陪同的寧靜午後

油車口遠眺觀音山

淡水老街—重建街

順著二級古蹟福佑宮二側的階梯拾級而上，是淡水最早發
展成為街道的重建街。重建街很長，是北淡水山區平原一
帶各種物產運送到市街港口販售的主要通道，上段地名

「城仔口」說明這一段街庄的交界經驗。中段「牛灶口」
則是牲畜運送的休息處。

目前的重建街商賈盡褪，卻仍是一條保有傳統街屋與文化
空間的生活街道。

淡水老街—重建街

淡水進行式

穿梭淡水的階梯巷弄

夕陽沐浴著黃金海岸
小巷線裝著
老街古舊的記憶
坡崁如冊頁攤開
歷史足跡
清水祖師廟、福佑宮
凝視觀音山
遠眺海岸伏流
如一條金龍
游入平原

淡水福佑宮

新北市市定古蹟，清乾隆末年建，當時淡水三
邑、同安、安溪、漳州的閩南人與汀州、潮
州、嘉應等地的客家移民，均奉媽祖，共獻銀
錢。嘉慶元年（西元1796年）竣工。淡水福佑
宮背山而建，向上攀緣，即見清水祖師廟。

重建街創意市集

街區可以擴建
坡崁光景卻無法改寫
四方匯集的創意
定期駐點
在住民窗台與旅客視窗之間
交流傳統與新生的活水

歷經二十幾年的「重建街拓寬與保存」的爭議，部分街區居民接受了在地工作者以「保存」作為地方發展的訴求。一再的暫緩拓寬工程的啟動，而爭取了重建街不拓寬的機會。透過臉書號召「站滿重建街」的活動之後，街區的年輕人組織起來，發想啟動了**重建街創意市集**。在不定期的活動策劃下，邀集各地的手作者參與，舉辦了有相當品質的創意市集。也逐漸吸引年輕人進駐重建街，使傳統舊街道注入新的人文風貌。

重建街 — 創意市集

重建街 ─ 清水祖師廟

馬偕與淡水禮拜堂

紅色磚瓦推疊著陳年記憶
追思當時馬偕先生
渡台的希望和願景
光芒穿透彩繪玻璃
灑落在祈禱的人們身上
當小鐘塔再次響起
心願被隆重傳遞

馬偕

加拿大人馬偕博士落腳淡水，奉獻一生，除了留下傳教的
精神之外，也倡議創設了新式學校與醫院，馬偕頭像設置
與「馬偕街」命名標誌了馬偕博士在淡水留下不可磨滅的
重要性。興建於1933年的「淡水禮拜堂」，從淡水老街末
段可以透過街景眺望教堂身影，是淡水重要的街景意象。

淡水進行式

馬偕街

馬偕街連接了市街區與埔頂山
坡上的幾個校園的生活通路。
目前馬偕街所串聯的頭像、教
堂、偕醫館（為紀念「偕船
長」而興建）、幼稚園、廣場
與文化商店……等等所串連而
成。隨坡而上的階梯景緻留下
許多經典的畫作與攝影作品。
街道本身的優雅景緻仍舊活
絡，是淡水歷史街區中可貴的
文化資產。

紅樓

在歲月裡拉出一個坐席
遠眺歷史匆匆來去
古老洋樓裡，有風的低語

「紅樓」於1899年為李姓商人所興建，後為淡水街長洪以南接手，命名「達觀樓」。1999年進行整修，拆除外牆之後，露出原本的紅磚牆，現為「紅樓」餐廳。庭院中有一座二次大戰時期的防空警報塔，當地人稱「彈水螺」，現已拆除。俗稱的「紅樓」與「白樓」（已經拆除重建，剩下線腳與外表格局形式，依稀可見當時風貌）位在熱鬧歷史市街的坡邊，順著階梯，拾級而上，庭院與建築空間中處處可以俯瞰整個淡水街鎮、淡水河出海口與觀音山的環景景觀。

紅毛城

崗上的九面國旗
飄揚著古城舊事
荷式建築、英式擺設
斑駁的紅磚牆面裡
每個縫隙都潛藏著
年代推移下的痕跡

紅毛城最早由西班牙人在1628年所創
立,稱「聖多明哥城」。目前的建築
物本體則是在1644年由荷蘭人所改
建,成為「安東尼堡」。早期作為砲
台使用,駐守在淡水河口的崗頭上。
1867年至1972年,被英國政府租用為
領事館辦公廳,而進行室內空間與加
建附屬建築的增建。另外興建「領事
官邸」在旁。二棟建築物相隔之間設
置戶外網球場,可見當時的生活風
格。1890年交回中華民國。

領事館餐廳

轉動餐館的門把
彷若穿越歷史
回到最好的時光
放下單眼，端起玻璃杯
邀請淡水一同英式午茶

小白宮

遊客行經走廊
陽光照亮舊式廳房
白色建築駐留時間的輪廓

1862年滬尾海關正式成立，隨後淡水開
港通商，業務繁雜，1870年在山坡上建
造「淡水海關稅務司官邸」。在地人稱
為「小白宮」，此棟建築特色在以回應
殖民地氣候條件所發展出來的「陽台
式」建築。白牆拱圈環繞，庭院種植多
樣的植栽，後院據說是中法戰爭時期所
留下來的砲彈炸開的土坑。目前已經修
復完成，除了展覽之外，也是淡水重要
的婚紗拍攝景點之一。

沉睡觀音

觀音山安然沉睡
沐浴在大河之間
瞭望台將景緻全數收攬
護送眼神抵達遠方

小白宮

淡水進行式

滬尾砲台

度過諸多年歲
砲台與外牆的碑文
都安靜了下來
燒灼與傾頹是年代的刻印
外圍的和平公園
陪伴堡壘一同駐守河邊

滬尾砲台建於1886年。為台灣首任巡
撫劉銘傳所建,位在淡水面對河口的
山崗上,當時是北台重要的軍事要
塞。現為二級古蹟,修復後開放參
觀。除了眺望之外,站在砲台中庭環
繞一圈所見牆上的棟樹等展現四季的
景觀,是淡水重要的天空線之一。

淡水進行式

一滴水紀念館

在淡水再次搭起
蜿蜒小路
重新造景

塵事靜止
只聽見石子擦撞聲響
微風中似乎傳來
老禪師的歇語
滴水穿石
水聚成河

從2004年7月起拆解，2009年12月從日本移至淡水完成重建。此棟日本典型的「古民家」是由日本文豪水上勉之父水上覺治親手建造。為了紀念日本阪神大地震與台灣921大地震時，二國民眾互助的友誼之情，這棟古民家最後落腳在淡水和平公園內。水上勉先生一生承襲自日本「滴水」禪師的禪宗思想，有名詩句「一滴水的無限可能」崇尚珍惜萬物資源，就算只是微不足道的一滴水，也當物盡其用。

與樹對話

與樹對話

2014 年 6 月 4 日在陽光草坪舉辦「人與樹的對話」活動。用演唱民歌、講故事方式表達淡江人對校樹的珍重情意。

大屯山下，分脈五崗，雲水滋潤，四季長青。樹是五虎崗上最早的居民、最悠久的歷史記憶者、最有深度的生活家。從根部向上展開主幹、出枝、生葉到成蔭、開花、結果，根部的拓展和樹篷的擴散保持微妙的平衡，以適應自然環境。自然環境的變遷記錄在樹的年輪裡，展現在出葉開花結果的四季容貌中。

在校園中無論獨處或是結伴、團體活動，沒有任何活動不是在樹的陪伴中進行。可以說沒有樹就沒有淡江風景。與樹對話就是與天地起聯繫，進入風與水的能量流動、進入科學與社會的學習活動、進入自然與人文的生活活動。

春之饗宴

過了一個寒假，
櫻花綻放歡迎開學，
預告春雨到來，
號召校友三月返校賞花。

瀰漫在燦爛櫻花間的學生活動中心

二月櫻花

春神打翻緋紅的染料
光暈中灑出花香
走道佈滿落紅，而寒風
慢慢平緩下來
萬物被引領，回到花園

瀛苑

位於宮燈教室後方的瀛苑，在1961年
以花園式設計建造，曾經是創辦人張
建邦的住所。瀛苑前醒目的噴泉為第
二屆畢業生所贈，由藝術大師藍蔭鼎
先生所設計，其架高的池塘設計，造
型獨特，為瀛苑景緻的代表，櫻花盛
開時，別有一番新貌。

與樹對話

瀛苑櫻花盛開

花之物語

櫻花謝後、
木棉花開前的三月，
天空屬於苦楝的紫色香氣。

三月苦楝

戀愛的心情
與麻雀、松鼠一起躍動於
樹梢林間
城市傳說
隨貓狗踱步
穿梭草叢、花園
記憶與宮牆共老
腳步走成風景

苦楝

位於驚聲銅像後方的苦楝樹每到三月
就開著紫色小花,是進入校園最吸睛
的代表樹。

三月杜鵑

初春時日，雨霧散開
陽光重返大地
杜鵑花重新為森林上色
宮燈大道旁排列燒灼的絢爛
暖風透漏春訊
山崗上進行花的吉慶
羅列各種色澤

杜鵑花道

位於校園內的驚聲路、于右任路兩側，在
每年3月春之饗宴前開滿著杜鵑花迎接校
友回娘家，故有迎賓花之雅喻。

鳳凰花開

往往和畢業驪歌聯想在一起
師長的祝福期許
學弟妹的羨慕期待
寄託在火紅如鳳凰的花朵上
隨風飄去
來日帶著成果和賞花心情回來

與樹對話

鳳凰樹

美人樹開花

瘤刺防禦著蕭瑟
複葉層層裹覆
那羽狀的美麗
胭紅是秋爽的容顏
飛紅陪細雨和東北季風
飄飄來到

與樹對話

美人樹開花

與樹對話

老榕樹

人文的滋潤
文創的發想
科學的辯證
在這個對話空間舒展
猶如太極
攜帶一本小說
猜想結局的真象
對於未來種種預測
都說給這塊寧靜角落
最親信的樹洞

文館樹下

陽光穿梭
小鳥與松鼠爭相發言
榕樹降下綠色簾幕
木桌椅佈滿樹葉
風的召喚
邀請你午茶
翻閱這片喧嘩

與樹對話

文館樹下

松鼠與樟樹

松鼠在樟樹樹幹與樹幹間穿梭，
還以為是求偶之舞，
原來是在治療樟樹的皮膚病
——吃白蟻。

心曲

相同的年齡　　相似的髮型
相同的手機　　相似的我們
相同有你有我的　大學回憶

月亮咬一口

課餘空檔，在咖啡香裡約會
戶外正播放著夏季戀曲
聊起課堂上認識的男孩
你也認識嗎？
只能說一次的秘密
我還是會說給你們聽

全家便利商店（昔日 / 月亮咬一口）旁

社團招生

學長姐們滔滔聊起淡江的美好
剛入學的我們懵懵懂懂
花了四個年頭明白
再把故事傳遞下去

心曲 / 校園角落

期末考

抱頭苦思
托腮思考
努力翻閱腦中所有的記憶夾層——
喔、別吵，我們在考試……

淡水冬季

臨海一帶隨鋒面層遞降溫
領著冷雨而至
膚觸季節的寒意
霧氣漸漸聚攏，風有傳話
天空說了一則冷冽的故事

在寒潮籠罩下，淡水盛行強勁冬北季風。當東北季風蒞臨
大屯山系時，造成迎風區多日冷雨，淡水時常是北部最低
溫，從異鄉上來的學子需要花時間調適地方氣候。

雨傘季

五月淡水的雷雨
使克難坡變成小溪
校園像浸泡在水生公園
天氣像任性小孩
盡情灑潑
製造傘花

夏天的雨

雨滴落下成為斑點
像在澆灌
五顏六色的雨傘花

冬天的雨

與麻雀高踞枝頭
凝望樹下的行人
足跡安放在林間

畢業季之一

相約散步灌木林
守望老樹
和風聲間洩漏的故事與心事
暖陽調動著樹影
說不完的話
像麻雀吱吱喳喳

畢業季之二

鳳凰花提早開了
蝸牛盤據窗框
看風景
我們放慢腳步
感受季節流竄

心あ

心あ

城市中的森林

心あ

心あ

心め

城市中的森林

城市中的森林

城市中的森林

心あ

城市中的森林

心め

城市中的森林

城市中山的森林

城市中的森林

城市中ぬの森

陳吉斯

淡江大學英文系博士班畢業，現任淡江大學英文系專任副教
授。教學、研究專長為視覺理論、生態論述、文化地理學、
北美原住民文學。
我喜歡散步觀察、速寫手繪。觀察速寫是我教學、研究的基
本訓練，「慢活速寫」是我的生活態度。

曾貴麟

淡江大學中文系畢，現為東華大學華文所研究生。
曾任大學巡迴展總召、淡江大學微光詩社社長、創辦藝文誌
《拾幾頁》、風球詩雜誌社主編。曾獲全國大專院校新詩組
優選、淡江大學秋水文章新詩組優選及其他零星詩獎。著有
詩文集《夢遊》，2015 年策展攝影散文展《25 時區》。

國家圖書館出版品預行編目資料

城市中的森林 / 陳吉斯圖.文 ; 曾貴麟詩.文.
-- 初版. -- 新北市 : 淡大出版中心, 2015.06
　面 ； 公分. -- (淡江書系 ; 14)
ISBN 978-986-5608-07-1(平裝)
851.486　　　　　　　　104028762

淡江書系 014

城市中的森林

著　　者	圖 / 陳吉斯 、詩 / 曾貴麟
文　　字	黃瑞茂、游淑芬、陳吉斯、曾貴麟

發 行 人	張家宜
監　　製	胡宜仁
社　　長	林信成
總 編 輯	吳秋霞
總 企 劃	黃瑞茂
主　　編	黃文倩
行政編輯	張瑜倫
企劃編輯	謝孟筑
文字編輯	陳卉綺
助理編輯	林立雅、陳雅文
內文排版	游冠承、陳雅文
封面設計	斐類設計工作室

發 行 所	淡江大學出版中心
印　　刷	中茂分色製版印刷事業(股)公司
出版年月	2016年6月
版　　次	初版
定　　價	420元

總 經 銷	紅螞蟻圖書有限公司
展 售 處	**淡江大學出版中心**

地址：新北市25137 淡水區英專路151號海博館1樓
電話：02-86318661　　傳真：02-86318660

淡江大學─驚聲書城
新北市淡水區英專路151號商管大樓3樓
電話：02-26217840